Enrique

GRANADOS

VALSES POÉTICOS

FOR PIANO

A mi amigo Joaquin Malats

Valses Poéticos

E. GRANADOS

ff
dim.
acel:
rall.
Meno molto.
pp

Melodico.
N.º 1
p
ten. ten. ten.
rall.
f a tempo
cresc.
rall. molto ff ff
a tempo
p rall.
con cadenza
dim. rall. molto

Tempo de Vals noble.
Nº 2
rubatto
rall.
a tempo
dim   con molta fantasia
pp   rit.
vivo pp
cresc.
rubatto
8
Adagio
pp
K 09929

rubatto
rall.
a tempo
con molta fantasia
pp rit.

Tempo de Vals lento.
N.º 3
cresc.
dim.
con spiritu
rall.
Poco piu
rall. molto
ten
a tempo
rall.
meno
rall.

Allegro humoristico.
N.º 4
ff ritmico
ff
iz.
dim.
dim. e rall.

Allegretto (elegante)
N.º 5
f
dim.
p rit.
p rit.
Fin.
1
2
rall.
rall.
Quasi ad libitum (sentimental)
N.º 6
p

ten
rall. pp cresc.
dim. rall. pp
poco rall.
iz. pp cresc. con
ten
passione dim. con molta espressione
3 p rall.
p rall. molto

Vivo.
N.º 7
f
ff
f
ff
f
f
Fin.
Fin.
rall.
D.C.

Presto.
mf
8
Vivace
a tempo
8
Vivace
a tempo
8
loco
der.
der.
ten
1
2

Andante
tempo dil 1º Vals
p
rall.
rall.
f
a tempo
cresc.
molto rall.

a tempo
rall.
con cadenza
a tempo
rall.
con molta
cadenza
dim. e molto rall.